I0683620

NOUVELLE ÉPITRE

A Rollin

SUR L'ENSEIGNEMENT MUTUEL.

ENVOYÉE AU CONCOURS ACADÉMIQUE,

PRÉCÉDÉE D'UNE ÉPÎTRE AUX JEUNES POLITIQUES.

Par A. d'Egvilly.

> Le monde n'est plus qu'une école d'enseigne-
> ment mutuel, dont les gouvernants peuvent
> encore être les moniteurs, mais non pas les
> maîtres.
>
> (DE PRADT, *Congrès de Carlsbad.*)

A PARIS,

CHEZ DENTU ET PETIT, LIBRAIRES, AU PALAIS-ROYAL;
ET ANTH^e. BOUCHER, RUE DES BONS-ENFANTS, N°. 54.

M. DCCC. XX.

A2812

ÉPITRE DÉDICATOIRE

AUX JEUNES POLITIQUES.

Loin de nous ces siècles brillants,
Ces jours de délire et d'ivresse
Où l'aimable et vive jeunesse
Ecoutait de son cœur les dangereux penchants.
Quelquefois des talents faciles
Occupaient les moments dérobés aux plaisirs,
C'était par des arts inutiles
Prolonger encor ses loisirs.
Au combat, il est vrai, brûlant d'impatience,
Ces étourdis faisaient admirer leurs exploits.
Fidèles à l'honneur de notre vieille France,
Ils se trouvaient heureux de mourir pour leurs rois;
Mais ils n'avaient de l'homme aucune connaissance ;
Ils restaient étrangers aux affaires d'état,
Et la paix ramenait leur oisive existence.
Vous signalez de plus d'éclat
Votre carrière politique,
Démosthènes futurs, ô vous qui, dès seize ans,

Des Grecs et des Romains retracez l'âge antique,
Et rappelez les fiers enfants
De ces fameuses républiques !
Quelle maturité ! quels progrès étonnants !
Jadis, pour mettre au jour des écrits polémiques,
Il fallait de l'école avoir quitté les bancs :
On souriait à peine à nos traits satiriques.
En dépit des tristes savants,
Et de quelques censeurs, tous ultrà monarchiques, *
Le génie a franchi ces préjugés gothiques ;
Au faîte du pouvoir on craint vos yeux perçants,
On s'alarme de vos critiques :
Ministres en faveur, pairs et représentants,
Vous les attaquez tous, s'ils sont anticiviques.
Avec quelle noble fierté
Avec quel zèle infatigable
Vous nous parlez de liberté !
Comme vous la rendez aimable !
Je la croyais usée ; eh bien ! dans vos écrits
Il semble qu'elle puise une nouvelle vie ;
Elle nous coûta cher, vous en doublez le prix,
Et vivre indépendant est tout ce que j'envie.

* Surnom donné aux amis de la royauté par de prétendus amis de l'indépendance.

Je hais ces siècles sans clarté,

Où me traînant de chaîne en chaîne,

La moitié de l'espèce humaine

Se jouait de ma dignité.

Comme j'aime votre fierté!

Dites-nous quel pouvoir, quel prestige magique,

Dès le premier signal, sait vous rassembler tous?

Orateurs impromptus, quelle verve énergique

Met tout un peuple à vos genoux?

Voilà de votre force une preuve authentique.

Nous, jadis occupés de passe-temps plus doux,

Nous avions quelquefois aussi des rendez-vous;

Mais ce ne fut jamais sur la place publique.

Si vous faites un cours de lois,

C'est pour les attaquer et non pour les défendre:

Tel n'était pas l'esprit des robins d'autrefois;

Moins avancés que vous, ils ne pouvaient comprendre

Le charme qu'on éprouve à régenter les rois.

Vous, qui n'êtes armés des traits de la satire

Que depuis l'heureux jour, où, recouvrant vos droits,

Vous vous êtes donné celui de tout écrire,

Illustres écoliers, vous savez comme moi

Qu'il fut un temps de gloire, où l'on n'osait rien dire;

Il est plus d'un esclave agrandi sous l'empire,

Dont le libéralisme en pourrait faire foi.

Respectez vos aïeux jusque dans leur délire.

L'instruction fait tout, Voltaire vous l'a dit,

La nôtre nous rendit frivoles,

Sur un plan tout nouveau vous devenez profonds,

Que nous a-t-il manqué? de prendre des leçons

Dans les MUTUELLES ÉCOLES.

NOUVELLE ÉPITRE

À Rollin

SUR L'ENSEIGNEMENT MUTUEL.

———————

Les Muses, tu le sais, ont, dans leurs doctes veilles,
Du savoir mutuel proclamé les merveilles;
Mais sur l'autel nouveau leurs nombreux favoris
Ont brûlé des parfums, sans obtenir le prix.
Un si noble sujet voulait un goût sévère,
Et pour chanter Achille il fallait être Homère.
   Ah ! ne prodiguez point vos divines faveurs,
Organes d'Apollon ! Par d'utiles rigueurs,
Vous rendrez quelque lustre aux prix académiques;
Ils amusent un jour et flatteurs et critiques;
Mais Paris, souriant à ces titres d'honneur,
A bientôt oublié les vers et le vainqueur.
Dans un concours nouveau, plus d'un jeune poète,
Va de la Renommée emboucher la trompète,
Et cet art enchanteur, si digne des beaux vers,
Par ses brillants succès va frapper l'univers.
   Lorsque l'été dernier, jaloux de ton suffrage,
Et sur les Moniteurs prodiguant mon hommage,

J'esquissai de leur classe un fidèle tableau,
J'étais fier de t'offrir ce système nouveau,
Qui, sous les yeux d'un maître aussi jeune qu'habile,
Au lieu d'un seul élève en peut instruire mille.

Quelle fut ma surprise ! un critique éclairé *
M'apprit que, par tes mains autrefois préparé,
Ce travail, qui devait étonner tous les sages,
Sans faste et sans orgueil vivait dans tes ouvrages,
Et qu'un corsaire anglais, saisissant le traité,
Parvint, sous ton égide, à l'immortalité.

O modeste Rollin ! de quel titre de gloire
Tes admirateurs même ont privé ta mémoire !
Quoi ! depuis plus d'un siècle, un criminel oubli
Dérobait ce trésor dans l'ombre enseveli !
Sans cet oubli fatal, coupables que nous sommes,
Qui sait combien la France eût compté de grands hommes !

Un doute involontaire agite mes esprits :
D'un aussi beau secret as-tu su tout le prix ?
Lorsque tant de clarté s'offrit à ton génie,
Pourquoi n'en as-tu pas enrichi ta patrie ?
Ta sage prévoyance a-t-elle découvert
Sous un monceau de fleurs quelque piège couvert ?

---

* L'idée de l'enseignement mutuel est-elle donc si nouvelle ? et le sage Rollin n'a-t-il pas composé un petit livre, fort peu connu il est vrai, dans lequel il propose une méthode tout-à-fait semblable à celle qui se répand aujourd'hui sous le nom de Lancastre ? « Rollin, partisan de l'enseignement mutuel. »

(*Lycée français*, vɪᵉ. numéro, août 1819.)

As-tu craint de briser la boîte de Pandore,
Et vu, sous la lumière, un fléau près d'éclore ?
Peut-être tu pensais à ce moine imprudent
Qui crut, par le salpêtre, amuser son couvent,
Et qui, fier de l'éclat de ses feux d'artifice,
Ne prévit pas les maux dont il était complice.

Déjà tu sais par moi quel étrange succès
Couronna de mon fils les rapides essais.
Me défiant un peu de ma première ivresse,
De l'amour paternel j'ai dompté la faiblesse,
Et j'ai cru découvrir que ces maîtres nouveaux,
Malgré de beaux talents, avaient quelques défauts.
Mais ce que dit Horace, en fait d'écarts sublimes,
Rend encore à mes yeux leurs fautes légitimes.
Je suis émerveillé de voir que, sans effroi,
Affrontant le public plus hardiment que moi,
Echappé tout-à-coup de sa modeste place,
Un petit personnage endoctrine une classe,
Et, pérorant toujours, soit toujours écouté.
Un habile inspecteur de l'université
M'assurait que mon fils serait un phénomène ;
Je t'ai bien vite écrit ce que j'ai cru sans peine ;
Et puisque l'Institut à de nouveaux accords,
Pour vanter un chef-d'œuvre, appelle nos efforts,
Je dois, de ce fils même exposant la conduite,
Revoir ses premiers pas et t'en dire la suite.

Pour arrêter sa course, un cercle d'ignorants
Prétendit que l'étude épuisait les enfants ;

Le mien, en dépit d'eux, se portait à merveille,
Mais la mère pâlit, et me dit à l'oreille
Qu'il était dangereux d'être sitôt docteur,
Et qu'un fruit trop précoce avait peu de saveur.
D'autres nous démontraient, par preuves sans réplique,
Que la force morale énerve le physique ;
Je cédai : cependant j'eus peine à concevoir
Qu'on mourait à sept ans par excès de savoir ;
L'air pur de la campagne et d'oisives vacances,
Eurent bientôt comblé toutes nos espérances.

Encor plein des leçons de mes vieux professeurs,
J'essayai de lutter contre les moniteurs,
Et j'offris à mon fils de suivre un cours de thème
Sur les divers sujets qu'il professait lui-même :
Que devins-je, Rollin, quelle fut ma stupeur,
En voyant l'embarras de mon petit rhéteur !
Je ne retrouvai plus cet intrépide athlète,
Si fort lorsqu'il tenait l'ardoise et la sonnette,
Et que, fier d'un travail qu'il apprit le matin,
A deux cents écoliers il dictait en latin.
Il avait remplacé ce vernis de science,
Par cet air suffisant que donne l'ignorance ;
Il possédait surtout, avec perfection,
Cette *intrépidité de bonne opinion*,
Qu'aux pédants de son siècle avait cru voir Molière ;
Il raisonnait beaucoup et ne travaillait guère ;
De son école enfin ce qu'il put recueillir,
Etait de commander sans savoir obéir.

J'applaudis toutefois à cette adresse extrême,
De pouvoir tout montrer sans rien savoir soi-même.
A de plus lentes mains j'ai dû le confier,
On vit dans un bon maître un mauvais écolier,
Mais, d'après l'espérance au moins qui m'est donnée,
Il saura quelque chose à la fin de l'année.

Mon frère avait deux fils, qui, par de vrais talents,
Au rang des moniteurs s'illustrèrent long-temps,
Et qui depuis, montés aux honneurs d'un lycée,
Sur de graves sujets exerçaient leur pensée.
De leur première école apôtres imprudents,
Désolés d'obéir à des maîtres trop grands,
Ils ne souffraient le joug qu'avec impatience,
Et semaient autour d'eux l'esprit d'indépendance.

Dans un autre collége un jour guidant leurs pas,
Ils furent attirés par de nobles débats ;
En parlant de Virgile, on célébrait en classe,
Des libéraux romains la généreuse audace,
Et du flatteur d'Octave en citant quelques vers,
On proclamait Brutus vengeur de l'univers.
Mille bravos couvraient ces fleurs de rhétorique.
Aussi de mes neveux la tête volcanique
Eut répondu bientôt à cette auguste voix,
Et ce Louis-le-Grand, dont les murs autrefois,
De l'étude et des mœurs étaient le sanctuaire,
Vit naître, à leur retour, le désordre et la guerre.
J'accourus à l'instant : je trouvai mes neveux
Répétant les discours prononcés devant eux ;

Du haut d'une fenêtre enflammant le collége,
Ils se barricadaient pour soutenir un siége.

Etonnés de me voir , ils furent désarmés;
Mais leurs petits esprits bien loin d'être calmés,
Méconnurent chez eux le pouvoir de leur père.
A leur réveil pourtant , attendris par la mère ,
Ils convinrent tous deux , à l'unanimité,
Qu'ils suivraient le conseil que j'aurais adopté.
Au proviseur d'abord je m'empressai d'écrire ,
Je prévins la rigueur qui les eût fait proscrire ,
Et j'arrêtai du moins l'irréparable affront ,
Dont, pour faire un exemple, on eût flétri leur nom.
Au début de la vie , une tache légère ,
S'imprime quelquefois sur toute la carrière.
Avec ménagement j'usai de mon pouvoir :
« Si *l'insurrection* vous paraît *un devoir* ,
» Leur dis-je , il faut aussi savoir quelle balance ,
» Quelles bornes Thémis oppose à la licence;
» Et vous pourrez apprendre , en faisant votre droit ,
» Ce qu'on doit au pouvoir ainsi que ce qu'il doit. »
Au temple de Thémis l'un et l'autre s'empresse,
On vit , pendant un mois , deux héros de sagesse ,
Mais la fatalité s'attachait à leurs pas.
Tant que d'indépendance on ne leur parlait pas,
Au travail le plus grave ils consacraient leur vie ;
Ainsi , loin des débats de la chevalerie ,
Le Héros de la Manche était plein de bon sens.

Un jour, un professeur dans ses libres accents ,

Trop fier pour se traîner sur un sentier vulgaire,
Tonne contre l'abus du pouvoir arbitraire.
L'éclair n'est pas plus prompt : un triomphe éclatant
Couronne l'orateur ; mille cris à l'instant
Répondent au signal et suspendent la classe ;
Mes neveux les premiers font briller leur audace ;
J'accours, et par bonheur je les désarme encor.
Retournés chez leur père, une faveur du sort
D'un jeune colonel amena la visite.
Il voulait pour soldat un recteur émérite,
Qui se fût distingué parmi les moniteurs ;
Il fut émerveillé de mes jeunes docteurs,
Et dès le lendemain, à la gloire fidelle,
La trompette installa l'école mutuelle.
Suivant leurs premiers goûts, prêts à tous les hasards,
Ces hardis écoliers font d'excellents hussards.
Des ennemis un jour décidant la ruine,
Peut-être ils prouveront que leur indiscipline
Fut un trait de génie : ainsi des mêmes bancs,
Sortent de vrais guerriers, comme de vrais savants.
  Que de faits en faveur de la nouvelle école !
La jeunesse est déjà moins vive et moins frivole ;
Elle devient pensive, et l'on voit à seize ans,
Un aplomb merveilleux distinguer nos enfans.
On ne les trouve plus dans une douce ivresse,
Comme au temps des Chaulieu, soupirant leur tendresse,
Mais par des feuilletons leur jugement mûri,
Discute sans appel la presse et le juri.

Depuis que dans les rangs il n'est plus de distance,
Partout sont descendus l'esprit et la science.
Lorsque le despotisme ose attaquer nos droits,
Les premiers orateurs n'épuisent plus leur voix.
Souvent c'est d'un comptoir que jaillit l'éloquence,
Et le mètre vengeur mesure la défense.

J'ai vu dans un café naître quelques débats,   *
Tout-à-coup le garçon, calme au sein du fracas,
A quitté la serviette et pris son écritoire,
Près du punch qu'on renverse il rédige un mémoire,
Ne dit rien du café, mais rappelle à-propos,
Les faits si peu connus de nos fameux héros,
Et livre son discours aux feuilles éphémères,
Avides d'annoncer le progrès des lumières.

Au plus mince incident nous admirons des traits
Que n'eût jamais trouvés l'ancien esprit français.
Par un acte arbitraire, et que chacun condamne,
Clichy voit démolir une vieille cabane.
Mais pour te relever, immortelle maison,
Que d'esprit prodigué ! quels traits ! quelle raison !
Le moindre personnage, aidé de cinq centimes,
Eut le droit d'imprimer les plus belles maximes,
De donner son avis sur les élections,
Et de tonner aussi contre les missions. **

Un savant distingué, dont l'esprit politique
Domine les congrès d'Europe et d'Amérique,

* Café Lemblin au Palais-Royal.

** Consulter pour les détails, le *Constitutionnel* et la *Minerve.*

Disciple d'un héros par lui divinisé,

Et que, depuis sa chute, il a *scapinisé*, * .

A nos simples calculs ne borne pas sa vue,

Et donne à cette étude une immense étendue :

« *Le monde*, nous dit-il, d'un accent solennel,

» Est une vaste école, un temple mutuel,

» Les monarques déchus du rang de leurs ancêtres,

» Sont *moniteurs du peuple*, et n'en *sont plus les maîtres.* »

Qui sait si, fier d'avoir éclairé les mortels,

Il ne veut pas aussi réformer nos autels,

Et s'élevant enfin vers la céleste sphère,

Nommer le Roi des rois, MONITEUR de la terre.

    Enfin, le croiras-tu ? j'ai vu ces pensions

Rédiger un écrit sur nos élections !

Les graves moniteurs se gardaient de sourire :

Quelques-uns, il est vrai, ne savaient point écrire.

Mais jaloux, en naissant, de soutenir leurs droits,

D'une main vacillante ils faisaient une croix ;

A défaut de savoir, montrant un grand courage,

Ils ont peint, d'un seul trait, la force du jeune âge.

    Malgré tant de succès, au faîte des honneurs,

Les nouveautés toujours trouvent des détracteurs,

Et s'il faut l'avouer, parmi les adversaires

Qui, dans un art si vrai, n'ont vu que des chimères,

Il s'est trouvé des noms à jamais révérés,

Des sages, des savants aux vertus consacrés.

   * *Jupiter-Scapin*, mot ingénieux de l'auteur.

Quelle·erreur déplorable ! aux plus vives lumières
D'une école chrétienne ils opposent les frères
Qui , modestes, soumis à d'immuables lois,
Dévoués à leur Dieu, fidèles à leurs rois,
Aux soins les plus ingrats consacrent leur carrière,
Et disent à nos fils de respecter leur père.

Protège, cher Rollin, nos modernes travaux,
Souris aux vains efforts de ces faibles rivaux,
Et dédaigne contre eux d'inutiles poursuites ;
C'est le sang des martyrs qui fait les prosélytes.
Que de fois , indignés de l'orgueil des vainqueurs,
On vit les opprimés survivre aux oppresseurs.

Telle , brillant de gloire et de magnificence,
Rome aux rois étonnés annonçait sa puissance.
Parmi tant de grandeur , de paisibles mortels
Vivaient, dans l'indigence, à l'ombre des autels.
La persécution les rendit magnanimes ;
Le monde les plaignit dès qu'ils furent victimes
Et les Chrétiens plongés dans l'opprobre et les fers
Triomphèrent enfin des rois de l'univers.

FIN.

Imprimerie d'Auth^e. BOUCHER, rue des Bons-Enfants, n°. 34.

www.ingramcontent.com/pod-product-compliance
Lightning Source LLC
Chambersburg PA
CBHW061449170626
46811CB00005B/2427